開書店的貓

Higuchi Yuko／著

林佩瑾／譯

目次

這本書，是關於一間小書店女主人的故事。
她，身上充滿了謎團。

「天亮了，該起床囉。」

好，今天就從挑選圍裙開始吧。
貓老闆最擅長搭配衣服了。

貓老闆挑選配件，
對著鏡子上下打量。
然後，再慢慢享用早餐。

接著，澆澆花、掃掃地，
再到一樓準備。

8

貓老闆經營的是書店。

今天會來些什麼樣的客人呢？

她拿出吊牌。現在是早上十點，要開店囉。

遠道而來的客人

「歡迎光臨。」

貓 老闆聽到開門聲，
回頭一看。

是一位陌生的客人。
他左右張望，
眼睛骨碌碌的轉著。

「請問你想找什麼書？」貓老闆問。

客人說：「我想找適合這孩子的書。」

然後，讓同行的鴨嘴生物坐到椅子上。

那小生物說起了好似奇妙歌聲的話，

而貓老闆也用歌聲般的話語回答。

「你好棒喔，小小年紀

就想讀書呢。」

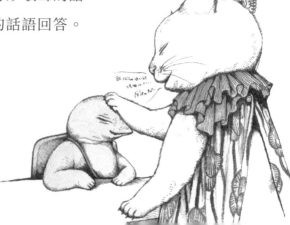

小生物似乎很喜歡被摸頭，
發出呼嚕嚕的叫聲。

「我就知道這間書店一定有些稀奇古怪
的書，所以才特地來這一趟。」
客人說道。

「是啊，這本不錯喲。」貓老闆說。
客人開心的接下書。

「對了，這豆子好可愛喔。」
貓老闆盯著豆子瞧，豆子趕緊躲到客人懷裡。

「我又不會吃掉你。」
貓老闆和藹的笑了，
豆子卻抖個不停。

「謝謝，下次再來喔。」
客人回家了。

今天推薦給客人的書

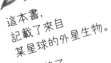

這本書，
記載了來自
某星球的外星生物。

書很舊了，
文字也很特殊。

我們店裡
有很多這種書喔。

所以，除了那孩子，
沒有人看得懂。

當然，
貓老闆看得懂啦。

其他書店
大概沒有吧。

內頁大概像這樣。

世界很大，
所以什麼生物都有。

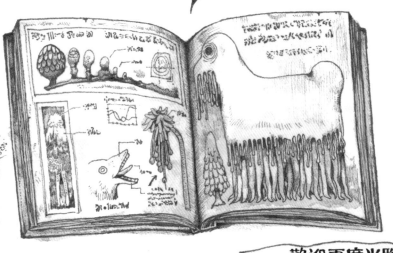

今天的營業時間到此為止。

歡迎再度光臨。

這一天，貓老闆正準備
開店，卻聽見外面傳
來窸窸窣窣的聲響。

「還沒開店喔。」
貓老闆一出聲，
馬上有生物
從門縫探頭探腦。

17

「嗨。」

說完，

一群生物就擅自開門進來了。

他們全都長得一模一樣，

厚臉皮的一個接著一個走進店裡。

「這裡是書店吧？我們不是來買書，

是來賣書的。」

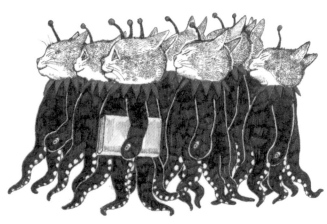

說完，

他遞出一本書。

「我是古斯塔夫。」

貓老闆接過書，
定睛一看。

「哼！」

貓老闆馬上就發現那本書的真面目。

她迅速伸手，用力的拍打書。

古斯塔夫驚呼一聲：「啊！」

不要搗蛋！

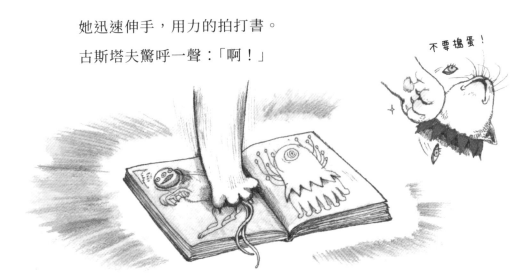

「你們想利用
這本書惡作劇吧？
我可不允許這種事喔。」

「這本書交給我保管。」貓老闆說。

這群搗蛋鬼們眼看惡作劇的計劃失敗，

垂頭喪氣的回家了。

今天拿到的書

GUSTAVE
Monster Book

大家要小心這幾個愛搗蛋的小鬼！

小心警戒。

幸好
這次我
擋下來了。

這本書很危險，
不可以摸！
會發生很可怕的事。

危險度100%喔。

呼~

收工後
乾杯慰勞自己！

書裡面
會跑出
像這樣的東西。

書被
沒收了啦。

畫一本書
很累耶……

冒出來

我們店不收這種書。

23

今天，書店好忙碌喲！
很多客人光顧，
電話也響個不停。

貓老闆一邊結帳，
一邊向客人推薦書籍，
這時，她發現書店角落
有兩個小生物。

「他們在做什麼？」

貓老闆在旁邊看著，
只見他們倆小聲的交頭接耳，
一邊仰望著書櫃。

沒想到，他們突然
打了起來！

貓老闆看在眼裡，
覺得好擔心，
於是向他們喊話。

「你們兩個在做什麼？
書店裡也有其他丘海星客人，
但是他們不會這樣打架喔。」

丘海星說：
「土栗……
他打我……」
土栗說：
「他取笑我！」
兩人各有各的理由。

「你們兩個快點和好吧，
我來介紹好書給你們。」
貓老闆說完，
便帶他們到別的書區。

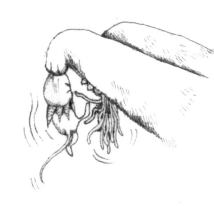

那一區的書都好小好小，

他們非常開心。

丘海星對土栗說：

「剛才我取笑你，說你想看書是做夢，

真對不起。」

土栗默默點頭。

看來，他們已經和好了。

今天推薦給客人的書

小小書

這些書很適合
個子小的客人。

Snail

mushroom

Haunted house

Starfish

Poison
mushroom

Monster's
book
Danger

這裡有
各種主題的
小小書。

貓老闆今天難得穿褲裝。

大家要相親相愛喔!

Scary
Toy

星の王子な

請維持安靜。

在書店

31

「歡迎光臨。唉呀，好久不見了。」

今天老客人喵喵來了，
一隻狗兒安靜的跟在後面進來。

喵喵看著狗狗，
大吃一驚。

因為，
狗狗看起來比以前大了好多。

狗狗以前這麼小。

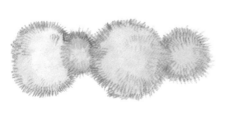

狗狗將一本書放在桌上，下巴靠著桌子，
跟喵喵緊緊依偎在一起。
喵喵非常喜歡狗狗。

「這是以前在我們店裡買的旅行日記本嗎？
要給我嗎？你一定完成了
一場美好的旅行，
上面都是翻閱的痕跡呢。」

「旅人貓呢？
今天沒有跟你
一起來嗎？」

「他去遠方旅行了。」貓老闆說。
「自己去？」喵喵問。
「是呀。」貓老闆答道。

喵喵用力抱緊狗狗，

希望狗狗不要感到那麼寂寞。

喵喵的眼淚，滲進了狗狗柔軟的毛裡。

旅人貓的書

上頭畫了旅行中的
各種見聞。

用日記
記錄旅行的回憶，
再好不過了。
全世界只有
這一本喔。

旅人貓
真會畫圖！

謝謝你給我美好的回憶。

小金金的願望

「大姊姊。」

貓 老闆正在整理書，
下方突然傳來呼喚聲。

地板上站了一群金魚。

「我們想要寶石書。」金魚們說。

「噢！我也喜歡寶石。

我們店裡有很多好書喲。」

42

其中一隻金魚
秀出一顆寶貴的發光珠珠。

「你們這麼小隻，
我來翻給你們看吧。」

貓老闆每翻開一頁，
金魚們就發出讚嘆聲。

金魚們非常喜歡
亮晶晶的東西。
可是寶石太貴了，根本捨不得買。

金魚們目不轉睛的注視著
貓老闆手腕上的手鍊。

「沒關係，我有好幾個。」
貓老闆說著，
將首飾分送給沒有珠珠的五隻金魚。
大家都開心極了。

給喜歡亮晶晶的客人 寶石之書 閃亮亮

寶石
滿載著夢想。

聊聊珠寶！

歡迎各位跟我

「打擾了。」

兩個活潑的女孩子，
走進了書店。

「歡迎光臨，
妳們訂的書到貨囉。」

「打擾囉。」

這會兒，狗醫生也來了。

她們四個，

互相看看彼此的裝扮。

「大家今天還是一樣美美的！」
大夥兒一聊起時尚就停不下來。

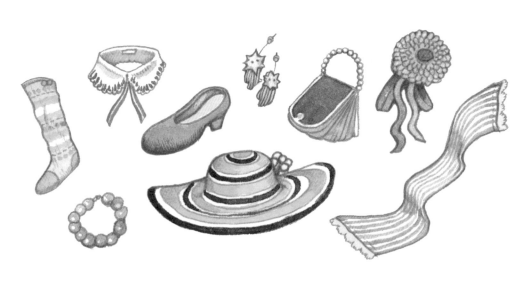

「來，這是妳們訂的書喔。」

四個好朋友每個月都會相約聚會，

快樂的暢談時尚，

這是她們最大的興趣。

時尚大會的時間過得好快，
轉眼間一天就結束了。

「假日就是要這樣過，
真是太幸福了。」
她們說道。

今天進貨的時尚書籍

每個月的這一天，
貓老闆都會盛裝打扮。

書店就是
貓老闆的
伸展台呢。

時尚是生活的一部分。

55

喵喵來過夜

主人小男孩出門露營了，
因此布偶喵喵跟奇蝦
留在家裡。

喵喵不想錯過這次難得的機會，
決定去書店的大姊姊那裡過夜。

「好久沒去書店了。」
喵喵跟奇蝦開心的邁向書店。

「歡迎光臨。」

貓老闆笑盈盈的迎接喵喵跟奇蝦。

「請大姊姊多多指教。」

「今天你們就
在書店好好玩吧。」
貓老闆露出
親切的笑容。

「再一會兒就打烊了，
你們等一下喔。」

「我們也來幫忙。」
喵喵跟奇蝦趕緊放下行李。

「太好了！謝謝你們。」
聽到貓老闆這麼說，
喵喵跟奇蝦覺得好開心。

「來，吃飯吧。」

喵喵跟奇蝦很少在外面過夜，
因此懷著興奮的心情，
在餐桌入座。

接著，貓老闆在二樓的房間為他們
鋪了一床小小的被褥。

喵喵跟奇蝦笑著說：
「晚安。」

半夜，書店一樓
忽然傳來一陣聲響。
喵喵跟奇蝦悄悄下樓梯看看⋯⋯

「椅子跟桌子都倒下來了！」

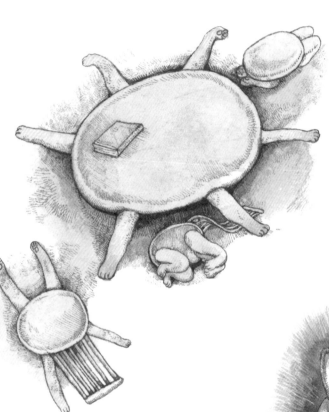

喵喵大吃一驚，
趕緊用毯子裹住奇蝦，
嚇得渾身發抖。

白天的模樣　　　　　　夜晚的模樣

喵喵跟奇蝦不小心看見了⋯⋯

書店裡的各種物品，在夜晚居然變成了另一種模樣！

「太誇張了吧！
桌子跟椅子都睡著了！」
書店裡的家具，個個都睡得香香甜甜，
發出酣睡聲。

「我懂了。畢竟你們站了一整個白天嘛。」
喵喵輕輕撫摸椅子的腳。

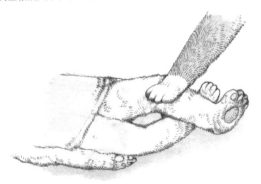

有一隻圓板凳睡到昏頭，
爬到了喵喵的腿上。

「白天你們都站得直挺挺，
休息時卻軟綿綿的呢。」

喵喵靜悄悄的走回二樓，
深怕吵醒了熟睡中的大家。

「我們也睡覺吧。」
喵喵對奇蝦說。

此時，貓老闆躺的那張床，
正伸直著腳，努力支撐。

隔天早上回家前，
喵喵去看那張床，
床已經沉沉進入夢鄉了。

「原來你上大夜班呀。真是辛苦了。」

69

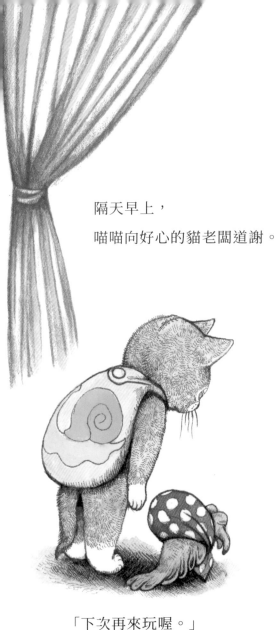

隔天早上，
喵喵向好心的貓老闆道謝。

「下次再來玩喔。」
「我現在知道了，原來許多生物
都在看不見的地方努力工作著。」
「看來，喵喵學了一課呢。」

女神與帥氣的紳士客人

今天，貓老闆也在
書店忙碌工作著。

這天書店的
生意依然很好。

客人們一邊選書，
一邊愛慕的望著貓老闆。

「今天的貓老闆還是一樣美呢。」
大家都在心裡暗自讚嘆。

「她力氣好大喔。」
「嗯。」
「太帥了。」

啊！
　有蛇！
　　危險！

有一條蛇，
從盆栽的空隙探出頭來。

紳士們嚇得倒抽一口氣，
說時遲那時快，
貓老闆一下子就抓起蛇，
扔到書店外。

好帥喔！
貓老闆成了大家的偶像。

一　大早，貓老闆就在桌上
擺滿甜點跟果汁。

因為，今天有可愛的
小客人要來喔。

今天是貓寶寶的生日。

喵喵不知道貓寶寶哪一天出生，

但他跟貓寶寶就是在這一天相遇的。

「好久沒見到她了，
真期待跟那孩子見面！」

喵喵好期待趕快見到住在
遠方的寶貝女兒。
「不知道她喜不喜歡我準備的禮物。」

「啊！她來了！」

貓寶寶已經不是「貓寶寶」，
而是個亭亭玉立的貓少女了。

「我最喜歡爸爸了！」

貓寶寶用大大的身體
抱緊喵喵跟奇蝦。

喵喵感動得不得了。

然後，貓寶寶
高興的撲向禮物跟甜點，
感到非常開心。

長大的
貓寶寶
祝妳生日快樂

謝謝爸爸！

妳已經
長這麼大啦……

87

獨眼客人一行人

貓 老闆一如往常的
在書店工作，忽然間——

妳好。

她的腦中
聽見了某個聲音。

我們想要買書。

請問可以
進來嗎？

「當然。
你們想找什麼書？」
貓老闆溫柔的說道。

「那裡有喔。」

好喜歡她
毛茸茸的手。

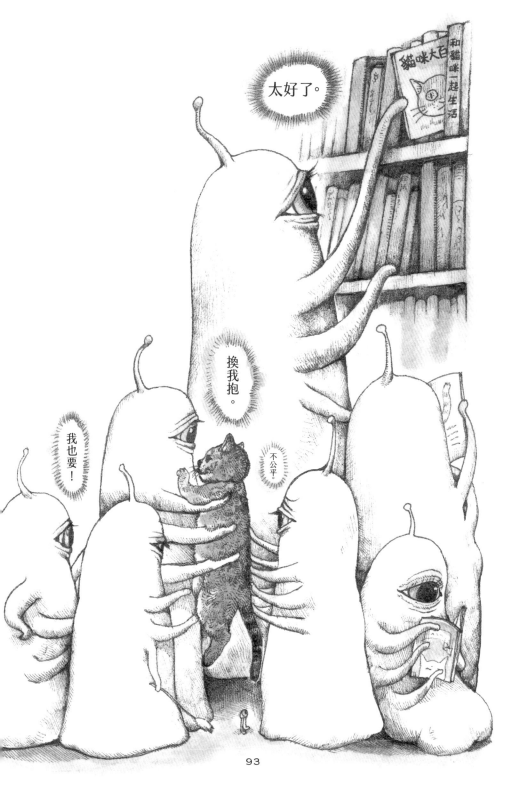

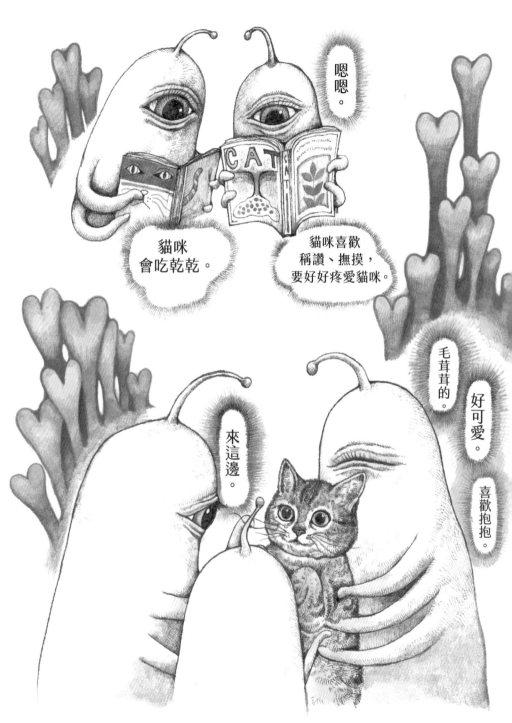

「今天進了好多新書呢。」

書店的貓老闆
今天也努力工作著。

「妳好。」

突然間，
喵喵從書堆的空隙
探出頭來。

「哇！好美的一束花，
今天是什麼大日子呀？」

「也不是什麼大日子，總之『祝福』妳。」喵喵說。

前陣子喵喵在書店看書，
學會了「祝福」這個美好的詞，
於是開心的學了起來。

「我原本也想送東西給壞心貓咪，

但是他今天好像得工作。」

今天得上班……

「喵喵，你知道壞心貓咪
其實並不壞吧？」
喵喵露出燦爛的微笑。
「請你把這個交給
不壞的壞心貓咪吧。」

那麼，今天又過了充實的一天。
歡迎再度光臨喔。

故事館 68

開書店的貓（二版）

小麥田　ほんやのねこ

作　　　　者	Higuchi Yuko	
譯　　　　者	林佩瑾	
封面與內頁設計	貝苗	
責 任 編 輯	汪郁潔	

國 際 版 權　吳玲緯　楊靜
行　　　　銷　闕志勳　吳宇軒　余一霞
業　　　　務　李再星　李振東　陳美燕
總　　編　　輯　巫維珍
事 業 群 總 經 理　謝至平
編 輯 總 監　劉麗真
發　行　人　何飛鵬
出　　　　版　小麥田出版
　　　　　　　115 台北市南港區昆陽街 16 號 4 樓
　　　　　　　電話：(02)2500-0888　傳真：(02)2500-1951
發　　　　行　英屬蓋曼群島商家庭傳媒股份有限公司　城邦分公司
　　　　　　　115 台北市南港區昆陽街 16 號 8 樓
　　　　　　　網址：http://www.cite.com.tw
　　　　　　　客服專線：(02)2500-7718｜2500-7719
　　　　　　　24 小時傳真專線：(02)2500-1990｜2500-1991
　　　　　　　服務時間：週一至週五 09:30-12:00｜13:30-17:00
　　　　　　　劃撥帳號：19863813　　戶名：書虫股份有限公司
　　　　　　　讀者服務信箱：service@readingclub.com.tw
香 港 發 行 所　城邦（香港）出版集團有限公司
　　　　　　　香港九龍土瓜灣土瓜灣道 86 號順聯工業大廈 6 樓 A 室
　　　　　　　電話：(852)25086231　傳真：(852)25789337
　　　　　　　E-MAIL：hkcite@biznetvigator.com
馬 新 發 行 所　城邦（馬新）出版集團 Cite (M) Sdn Bhd.
　　　　　　　41, Jalan Radin Anum, Bandar Baru Sri Petaling,
　　　　　　　57000 Kuala Lumpur, Malaysia.
　　　　　　　電話：(603) 9056 3833　傳真：(603) 9057 6622
　　　　　　　讀者服務信箱：services@cite.my
麥 田 部 落 格　http://ryefield.pixnet.net
印　　　　刷　前進彩藝股份有限公司
初　　　　版　2019 年 7 月
二 版 一 刷　2023 年 11 月
二 版 三 刷　2024 年 4 月
售　　　價　420 元

國家圖書館出版品預行編目資料

開書店的貓/Higuchi Yuko 著；林佩瑾
譯. -- 二版. -- 臺北市：小麥田出版：英
屬蓋曼群島商家庭傳媒股份有限公司城
邦分公司發行, 2023.11.21
　面；　公分. --（小麥田故事館）

譯自：ほんやのねこ

ISBN 978-626-7281-46-8（平裝）

861.67　　　　　　　112018402

城邦讀書花園
www.cite.com.tw
書店網址：www.cite.com.tw